夢去りぬ

井川博年

思潮社

夢去りぬ

井川博年

思潮社

目次

装画＝辻　憲　装幀＝思潮社装幀室

Love's Gone

桃の小枝を手に持って

ふくらみかけた桃の花
桃の小枝を手に持って
家に帰ろう
家に帰ろう
誰にあげたいわけでなく
誰に見せたいわけでなく
持ってるだけでほっとして
持ってるだけで明るくて
つぼみがいっぱいついている
桃の小枝を手に持って
家に帰ろう
家に帰ろう

*

二百年

二百年後の人々は
まだこの日本の東京と呼ばれた辺りに
かたまって住んでいるであろうか。
何度もあったろう地震や風水害や
いや戦争の被害さえくぐり抜け
懲りずに同じ所に仮作りの都市を建設し
同じような安っぽいしかし便利な住宅に住み
今と変わらない暮らしをしているであろうか。

それでもやはり人間だから

今からは想像できない仕事をしていても
仕事先でしくじったり家庭問題に悩んだり
歯の痛みや背中の痛みに顔をしかめたり
子供の成績や姿勢の悪いのを気にしているだろう
二百年後も太陽は昇り夕立だってあるだろうから
着て行くものは何にするか気になるだろう
そうして笑ったり泣いたりしているのだろうか。

ここ二十一世紀前半の東京新宿の
雑踏にもまれる人々の誰ひとりとして
二百年前のご先祖のことなど知ることとわりもない
だからこそ二百年後この土地に住む人々の誰も
きっと二百年前のご先祖など知らないだろう
いわんや今夜電車に乗って帰宅途中の男が
今朝出掛けに夫婦喧嘩をして傘を持たず
服を濡らしたことを後悔しおまけに

歯が痛くなったので夜食はどうしようか
などと悩んでいることなど——
まったく二百年後の人々が知ることわりもない。

いまいずこ

風光る昭和の犬と遊びけり　　清水哲男

昔、おじいさん、というものがいた。

どこの家にもいたのだが
田舎の母の実家にいるおじいさんは
着物を着て炬燵《こたつ》に入ってお茶を飲んで
新聞を読みテレビで相撲ばかり見ていた。
おじいさんは生まれた時からおじいさんで
まるで置物みたい。帰りがけにも
「勉強するんだよ」としかいわなかった。

昔、おばあさん、というものがいた。

おばあさんの家に行くと
「おうおう、よく来た」と涙を流し
いらないといってもお茶とお菓子を持ってきた。
おばあさんも生まれた時からおばあさんで
ひっきりなしにちょこまか動いていて
頭に手拭いを被り小さな箒《ほうき》で部屋を掃除し
ガスのお釜でご飯を炊き毎日魚がおかずだった。

おじいさんとおばあさんの家には決まって
おじいさんの犬とおばあさんの猫がいた。
おじいさんの犬は一日玄関番をして居り
知らない客には吠えたてておじいさんに叱られた。
おばあさんの猫は一日炬燵《こたつ》の上に居り
おばあさんのお尻についてまわった。

犬と猫は仲よくご飯の残り物を食べ合っていた。

――みんなどこへ行ってしまったのだろう
おじいさんもおばあさんも
あんなにいた犬や猫たちも
――本当にみんなどこへ行ってしまったのだろう
いまは昔のことすべて

読書の姿勢

思い立って
座卓の前にかしこまって
本を立てて読んでみると
母の言葉が聞こえてくるのだ。

――そげなかっこうで読んじょると
　眼が悪ろうなると

いやもう眼は悪くなっていて
これでも老眼鏡をかけて読んでます。

それにいまの本はどれも
活字が大きくなっているから心配御無用
それよりも中身が大事なのに
若い中原中也の晩年の詩と
老いた斎藤茂吉の晩年の歌と
並べて読んでいると
どちらがどちらの詩か歌かわからなくなって

わかったのはただ
どっちもいいということだけ
読んでいるこちらも七十一歳になってしまって
二人が死んだ年齢をとっくに越しているので
（中原中也三十歳）
（斎藤茂吉七十歳）
余裕があるように見えるけど
いまがわたしも晩年かもしれない。

だいいち背をかがめて読んでいる姿勢も
大分前に無くなってしまった
ビクター・レコードのトレード・マーク
エジソンのラッパの蓄音機に
首をかしげて聞きいっている
犬そっくりになっていて
ここでも母の叱る声が聞こえてくるのだ。
——そげなかっこうしちょると
　年よりになってしもうよ

——二〇一二年一月一日

好きな乗り物

父は汽車が好きだった。
一代で船会社を興した父は
明治人らしく新し物好きで
汽車に乗るのが大好きだった。
——汽車ほど愉快な乗り物はない
田圃や畑を見れば天候がわかるし
工場の煙りを見れば景気もわかる
乗客の話を聞いているだけで面白い
汽車の中で本を読んだり
居眠りするのはもったいない

と、父はいつもそう言っていた。

母は飛行機が好きだった。
父と一緒の時は汽車に乗ったが
父が死んだ後は飛行機に乗った。
——汽車は遅くていけん
退屈で退屈で眠くなる
飛行機は早いしすぐ着くし
年よりにはスチュワーデスさんが
親切にしてくれるからうれしいし
落ちたらすぐ死ねるからいい
と、九十の母はけろりとして言った。

私は船が好きだ。
あの波の上に浮かんでいる心地よさ
それにしても両親の生前に

一緒に船の旅をしたかった。
——晴れた日の甲板にいるのは
ソフト帽を被りチョビ髭を生やした
背広姿の無口で背が高い父と
着物姿で父の後ろにちょこんといる
背の低いお喋りの母に挟まって
イガ栗頭で半ズボン姿の子供の私。

輝く銀座

——まだ銀座に都電が走っていた頃

その時分はそこしか知っていなかった
四丁目の三越デパートの前へ
一文無しの私は叔母に金を借りるため
友人の下宿のあった荻窪から新宿へ
新宿から銀座へと都電を乗り継いで
二時間かけてようやく辿り着いていた。

ベレー帽に男物のトレンチコートを着た

フランス映画「ヘッド・ライト」の
フランソワーズ・アルヌールに似た叔母は
外国製の軽い煙草をすいながら
目印のライオン像の横に立っていて
「こんなに待ったじゃないの」と
ハイヒールの足元の吸殻を指さしていった。

私のほっとした顔を見た叔母は笑って
「食事しましょうよ」と
交差点の向かいの「ライオン」へ
先に立ってさっさと歩いて行った。
あわてて追いかけようとした横断歩道は
勤め帰りのサラリーマンや
洒落た袋をさげた買い物客でいっぱいで
その中を汚れたジャンパーを着た私は
映画の中のジャン・ギャバンになりきり

肩をいからせ人込みをかき分けやっとこさ
叔母に並ぶといったのだ。
「なんて銀座は人が多いのだ」

叔母が微笑んでいった。
「それが銀座《サ・セ・ギンザ》よ」
都電やタクシーが奏でる音の渦
ジングルベルの唄がうるさく響き
頭上には地球儀の形をしたネオンが輝き
用のない人間が酔ったように歩いている。
それは私が初めて見た
「銀座のクリスマス」というものだった。

新宿の唄

『放浪記』の林芙美子が泊まっていたこともある、新宿四丁目の新宿高校の裏手にある、旭町のドヤ街は当時でも有名だったが、こちらは日雇労働者向き。それに比べて新宿駅の南口から甲州街道を脇に入った、競馬の場外馬券売場の周辺の一画は、旅客や行商人や売れない芸人や学生を相手にする、新興のドヤ街であった。

昭和三十六年頃（はっきり覚えていない）の年末のとても寒い日だった。私はその頃二十歳になったばかりで、お誂え向きの失業者だった。古着屋で買ったバンドマンが着るような赤いコール天の上着を着て、学生ズボンに靴だけは新品の革靴。全財産の入った（中には詩の原稿も）ボストンバッグを手にさげ、高田馬場での同人誌の会合に出て、帰りに一杯呑んだおかげで、懐中無一文に近く、終電車に乗りそびれたあげく友人にも逃げられ、深夜ひとりとぼとぼと線路に沿って歩き、ようやく新宿に辿り着くと、かねてから目をつけていたドヤ街の、一番奥にある一番安そうな宿の玄関に立った。

宿料は二百円くらいじゃなかったか（天丼五十円の時代。私が一年前造船所にいた時の給料は七千円だった）。玄関で下足番のような男になけなしの百円札で払うと、靴を持って裸足でそのまま二階に通された。部屋は畳敷きだが、カイコ棚のような三段ベッドが並んでおり、それは三等寝台列車そっくりだった。空いている所ならどこでもいいと言われ、すぐ逃げれるよう一番下の場所にした。深夜遅い時間なので部屋は寝静まり、カイコ棚のあちこちからはいびきが聞こえた。私がバッグを枕に靴を脇に置いて寝ようとすると、上の棚から「靴を履いて寝ろ、盗まれるぞ」という声がした。男が寝ながらつぶやいていた。言われる通りにして私は眠りに落ちた。

明け方、夢の中で、上の棚の男が靴を履いたまま下りてきて、階段を下り宿を出て行った。その夢から覚めてもいないのに、いきなり肩を揺さぶられ、跳ね起きた私の眼の前に、大男が立っていた。男は私の顔を見て言った。「警察だ。身分証明書を見せろ」。ねぼけ眼で周りを見ると、カイコ棚に寝ていた連中は皆起こされて、ぶつくさ言いながら、もう一人の刑事に持物を見せていた。私は起き上がって上着のポケットを探り、後生大事に持っていた失業保険証を取り出して大男の刑事に見せた。大男は何も言わなかった。

二人の刑事は黙って部屋を出て、階段を下りて外に出て行った。部屋に残った一同はもう寝る気になれず、身支度をしながら、さっきの出来事を話しあっていた。それによると、どうやら警察は逃亡中の指名手配犯が、この辺りの宿に泊まったとの情報を摑んで、それで一斉捜索の手配をした模様という。ひょっとしたら、私の上の棚に寝ていた男がそれだったのではないか、私が明け方に見た夢は本当だった。男はまんまと逃げおおせたか、または次の非常線にひっかかってしまったか。いずれにせよ、一同の話題はもはや犯人の身の上にはなく、大あくびをしながら、今日これからの仕事のことに移っているのであった。私も立ち上がって出かける用意をした。

電灯の点いた玄関を出て、まだ真っ暗な通りに立つと、山手線の一番電車が遠くから近づいてくる音がした。私は寒さに身震いして鼻をすすりながら駅に向かったが、よく考えるとこの日一日、何をする予定もないのだった。あの逃亡犯と同じようなものだった。こちらもすることないのだから、一緒に逃げてもよかったんだ、そうなればどうなったかな、とボストンバッグを振り回しながら、ひとりで笑っていた。真っ黒い巨大な箱のような新宿駅の、東口交番の警官が何も言わずこちらを見ていた。

人生サーカス——二十歳《はたち》の履歴書

受験勉強が嫌いで学校が嫌いで
好きなことをしたいために工業高校に入り
遊んでばかりいたから卒業してからの人生サーカスは
綱渡りの連続だった。

大阪の造船所では入ってすぐに
学校の寮を飛び出し
野田阪神の長屋の二階に下宿。
初めての給料で五月の連休を無断欠勤し
東京へ行き同人雑誌の詩人仲間と付き合い

あっという間の一週間が過ぎ金が尽き
帰りの東海道線は無賃乗車。
検札は連結部にぶら下がってやり過ごしたが
米原駅で捕まって家からの電報為替で釈放され
会社に戻ったが始末書だけで済みこれで味を占め
研修の溶接もリベット打ちも塗装も得意だったが
それ以上に仕事を覚える気はまったくなく
同僚と口聞かず先輩にも挨拶せず生意気少年は
船台のクレーンの上から
昼休みをしている工員の群れを見下ろして
思っていた。「こんなところにいるもんか」

綱は始めはゆっくりと次は大きく揺れる。
一年後の東京は六〇年安保騒動の真っ最中で
学生詩人連中は大興奮の様子だったが
大阪にいるこちとら新米の人生サーカス団員は

下駄履き作業服の造船所の工員さん。
月に一度の休日は背広に着替えてジャズ喫茶に直行
たまには心斎橋のシャンソン喫茶で出たばかりの
ザ・ピーナッツの「可愛い花」を聞いていた。
下宿に戻ると着物の下絵職人の隣人を気にして
布団を被って電気スタンドの下で詩を書き
守屋浩の「僕は泣いちっち」を小声で唄っていた。
「僕は泣いちっち　横向いて泣いちっち」
「僕も行こう　あの娘の住んでる　東京へ」

秋風が吹くと会社辞めたくなった。
職場の組長に話すと工場長が飛んできて
偉い人の紹介で入社できたのだから
その人の所に行って謝ってこいと言った。
そんなことは考えてもいなかったが仕方ない
田舎の父の知り合いだという芦屋に住む

商船会社の重役の家に行って啖呵を切った。
色々事情を聞かれたが話しても無駄と
お茶も呑まずに帰ってきた。
九月の末同僚にも黙って下宿の荷物をまとめ
「造船所始まって以来の問題新入社員」は
一年半の大阪に別れを告げた。

綱は激しく揺れる。
十九歳になった人生サーカス団員は
憧れの東京で初めて失業者というものになった。
何から何まで目新しかった。
友人の下宿を転々とした後
世田谷の玉川電車沿線にアパートを探し
生まれて初めて一人暮らしをすることができた。
失業保険を貰いに行く以外仕事はなかった。
渋谷職業安定所で造船関係の仕事を探すなど

最初から働く気がなかった。
玉電で渋谷まで行き一日一食の天丼を食べ
往復切符で都電を乗り継ぎ友人宅を訪問し
一日中詩のことをしゃべりまくっていた。
本屋以外関心なく書店では雑誌を立ち読み
古本屋回りをして詩集を売り買いしていた。
親の仇というくらい
昼も夜も東京中を歩き廻った。
そうこうしているうちにも失業保険の期限がきて
次の働き口を探す必要があった。

アパートの家賃も何ヶ月も払ってなかったので
友人に手伝ってもらいタクシーで夜逃げをした。
鮫洲の都立大学の寮に潜り込んだ。
そこから新聞広告に載っていた品川の冷凍機の会社に
寮の便所のサンダルを履いて面接に行った。

玉川に住んでいた叔父の家を現住所にした
入社・退社の職歴二行の履歴書を提出すると
正面に坐っていた三船敏郎に似た課長らしき人物が
履歴書を見ながら「スポーツは何か？」と聞くので
「柔道をやってました」と答えると納得した様子で
「酒は呑めるか？」と質問を変え（ひっかけ質問？）
「未成年ですが人並みには呑めると思います」と言うと
続けて「で、他に何かできるものは？」と聞くので
「民謡を唄えます。安来節でも関の五本松でも」と言うと
「大いにけっこうだ」。「旅行は好きか」と問われ
「大好きです。仕事なら何処へでも参ります」と答えると
課長は隣りの部長らしき方を見て大声で言った。
「よし入社決定。明日から工事課で頑張ってくれ」と
笑いながら席を立った。

綱はそれから揺れに揺れた。

就職できたので家から金を送ってもらい
西武新宿線中井駅前の畳屋のアパートを借りた。
そこから品川の会社まで通勤し研修を受け
その秋には晴海埠頭にある水産会社の
冷凍倉庫工事の現場監督としてしばらく通ったが
遅刻ばかりするので会社の命令で
隣接の飯場に寝泊まりすることになった。
詩人になるつもりで上京し
詩を書いて世に出るつもりがこんなことになって
毎日鉄筋の山と格闘しコンクリート打ちを手伝い
職人に怒鳴られ足場を外され柱にしがみつき
鉄筋屋にヘルメットの上から鉄筋で殴られた。
流石にその時はこちらの親分が詫びを入れさせた。
食事は飯場飯で夜は毎日一升瓶が廻し呑みされた。
冬になると酒を呑む量は益々増えた。
ある夜呑み過ぎてゲロを吐きそのまま寝てしまい

目覚めると貸布団の首の周りにはゲロがへばりついていた。
面倒なので布団そのままにして次の日も
クリスマスの日もそのゲロまみれの布団の中で眠り
ランボオの『地獄の季節』を読んでいた。

私こと人生サーカス団員も二十歳になっていた。
何の感動もなかった。
人生で初めて手がけたといっていいこの工事を終わらせ
待望のボーナスを手にしたらそれを元手に
詩集を出そうとそればかり考えていた。
詩集の題は「見捨てたもの」と決めていた。
何もかも見捨てるつもりだった。
二十年しかない過去など捨てて悔いはない。
新しい出発の時だった。
折りもよし。会社では役に立つまいと思っていたのが
晴海の現場でどうやら合格点をとれたことで私を次は

青森の冷蔵倉庫の監督にしようと考えているようだった。
年末の忘年会で私が大皿で酒を呑み安来節を踊ったので
旅が好き、唄を唄えるヤツと覚えてくれていた課長が
私を地方の現場に放り込むことにしたという話だった。
「飛べよかし！　飛べよかし！」（萩原朔太郎）
見よ！　サーカス小屋の旗は風に鳴っている！
青森、八戸、宮古、新潟と続く二十代の地方巡業の
私の綱渡り人生の旅がここに幕を開けたのであった。

あれからずっと……

あれからずっと
雨がふっている
雨はいつまでふるのだろう？
いつになったら止むのだろう？

雨はこの都会の屋根を満たし
道路にあふれ滝のように
流れる水は川となり
いまや広場も公園も水びたしだ
電車や車もとまったまま

水はとうとう足元から
わたしの胸の中まであふれてきた
どんなに口から吐きだしても
涙をいくら流しても
水は少しも減りはしない

乏しい明かりを点けた街灯の下に
痩せた野良犬がうずくまって
ずぶ濡れのわたしを
見上げている

誰か犬を救ってくれるものはないか
どうして犬をほっておくのか？
どうしてわたしには傘もないのか？
どこに傘を忘れてしまったのか

誰も教えてくれないのか？

黒々とした闇の中
家々もビルも静まりかえり
重いカーテンがひかれた窓の内には
誰かがいる気配がするのに
息をひそめている気配がするのに
どうして誰も出てこないのか？

雨がふっている
雨はふり続いている
昨日も今日も
あれからずっと……

こころは

こんな明るい日は
外を歩きたくない
街を歩いていても
行き交うひとの笑顔を見ても
　こころははずまない

こんな明るい日に
外にでかけてみても
話しながら歩いている家族連れ
遊んでいる子供たちを見ても

こころはさみしいだけ

こんな外が明るい日は
ひとの知らない地下道を選び
涙を流しながら歩いてみよう
愛するひとを失った時のように
　こころはかなしいから

――わたしのこころは何処にいった
なにを見てもなにをしても
楽しかったあの頃のこころ

まだ夕暮れが明るい日は
茶色の鞄をさげて街に出よう
メトロに乗って買い物をして
小さな明かりの点いた家に帰り

誰もいなくてもこう言おう
「ただいま」と。
こころは帰ってこないけど——

地下道の散歩者

愛するものは、死んだのですから、
たしかにそれは、死んだのですから、
——中原中也「春日狂想」

地下道を歩いている。
地下道しか歩けないのだ。
胸に哀しみをあふれるほど
かかえている者は
地下道しか歩けない。

地上は人であふれているが
ここにはまったく人がいない。
何百メートルも続くビル街の地下には
不思議なほど明るい空間があり

無人の動く歩道がコトコト鳴っている。
男は知っている
ここが泣くにはいちばんよい所だと。

人に気づかれないよう歩いてきた
サングラスの男は
死んだ娘のことを
その最後の姿を思い浮かべて
さめざめと涙を流しひとしきり泣くと
ドームの下の噴水のオブジェに向かって
「この世が滅びてしまえばよい」と
思いっきり呪詛《じゅそ》の言葉を吐く。
それでもまだ足りなくて
今度はすれちがう男女を睨みながら
「みんな死ネ死ネ」と小声でつぶやく。
所々に屯している掃除のおばさんには

優しい表情をして見せるが
きっと彼女らには男は花粉症で
それ故地上を歩けなくて
行く所のない哀れな老人としか
見られてないにちがいない。

「ああもう終ワリだ終ワリだ」と
まだぶつくさいいながら
男は地下道を歩いて行く。

再会

娘のお前が
三十六歳を前に命を絶った時
最後の別れの時
お前の名を呼んで
「また、会おうね」
と言ったのは
私の本心からの叫びだった。

信じておくれ
お父さんは

死ぬまでに
この世のどこかで
きっとお前に会うことができる
とずっと思っている。

それがいつ何処であるか
わからないがそこは
おそらくお前の関係する何処かで
まったく知らない所ではないだろう。
でもそこで生きたままの時と
同じのお前と
すれちがっても

自分の奥さんとすれちがっても
気付かないほど間抜けな
しかも年取って眼も悪くなっている

お父さんだから
立ち止まって
声をかけられなければ
そのまま通りすぎてしまうだろう。

神のはからいで
せっかく再会しても
永遠の別れに気付かぬまま——

下宿屋と墓地

いまいちばんの私の夢は、宝くじに当たることである。それも五千万円は欲しい。私の夢はこの金で東京の郊外（下町でもよい）の地価の安い所に、中古の共同住宅を買うことにある。借地権付坪四十万円の売り物があれば、延百坪の二階建のオンボロアパートが四千万円で買える。あと改装費や調度品に五百万かかる。

私はここを昔風の学生下宿にしたいのだ。そのためには下宿料を食事付で月七万円くらい（これは国民年金の金額だ）に抑えたい。私たち家族で食事を作り、共同の食堂や風呂も作って安くする。下宿人が十人か十二人いれば、なんとかやっていけるのではないか。

この下宿屋に三人が住み込み、妻は料理が得意だから、食事を作り、食堂では私や息子も働き、風呂も入れる。息子は音楽が得意だから、下宿人とコンサートや、パソコンを利用した催し物ができよう。運営が軌道にのったら、息子が家主となり、妻も安心して好きなことができよう。私はといえば、畳の上に寝ころがって、好きなだけ昔の本を読み、昔の映画をテレビで見ていることだろう。

次には金のあるうちに、下宿屋から歩いて行ける所に、安い墓地を求めたい。手頃な墓所が手に入ったら、家族三人が入る墓を立てたい。私の田舎は山陰の島根半島の先っぽにある村で、日本海が見渡せる所に一族の墓があるが、私は次男なのでそこには入れない。

私は十年以上前に文藝家協会に入った。協会の運営する富士霊園にある「文学者の墓」が狙いだった。会員になると格別に安く墓が申込めるのだ。私は妻とここに入るつもりだった。文学賞をもらったら賞金で購入しようと思っていた。それがこんな宝くじでもなんでもいい、夢のような墓を求める気になったのには訳がある。

私はその墓に、私たち家族と一緒に、つい先年亡くなった娘を入れてやりたいのである。娘は結婚して家を出たので、現在は関東の外れの城下町の、由緒あるお寺の、婚家先の墓所に眠っている。もとより先方の許しを得ないと叶わぬが、もしできれば分骨させていただきたい。それが叶えられたら、私にはもういうことはない。

そうなれば、私と妻は毎日でもお参りできる。かって娘の夢であった（自分たち夫婦と、私たち家族との）共同生活。その代わりの下宿屋から、ぽくぽく歩いて、娘に会いに行くことができるのだ。

東京に雪が降る

東京に雪が降る
と思うだけで昔は
こころはずんで
明るい気分になったものだが――

結婚した最初の頃
大雪になった夜の駅の出口で
妻の持ってきたゴム長靴に履き替え
二人で傘をさし帰ったことも

親子四人一つの石油ストーブを囲み

イビキと寝息が合奏している窓の外を
まっ白い雪がふんわりと音もなく
舞っていたことも

東京に降る雪は
いつもはやさしく時に激しく
すべては夢であったよう……

失ったものはかえらない
子供たちとの食事の時に決まって
変なことをいいだして突然怒りだし
せっかくの雪の夜をだいなしにした……

東京に雪が降っている
昔と変わらずにいまも
まっ白い雪がさらさらと──

私の生と死の「パンセ」

いつ死んでもいいと思っていながら
知らない内に心臓をかばって寝ているおかしさ。
ガンになったらその時は
放って置こうと決めていながら
脚や腰がちょっとでも痛むと
寝たきりになるんじゃないかと
気に病んでいるこっけいさ。
健康診断など必要ないと威張っていながら
血圧が上がると酒を控えたりする日常の空しさ。

毎日カード遊びに興じている仲間が
眼の前で一人ずつ神の前に呼び出され
消えて行くのに何も気付かず
退屈な時間をもてあまして遊びに耽っている
それがわれら〈人間の条件〉だと
パスカルの『パンセ』の中で読んだような
気がしていたが本屋の立読みで読むと
そんなことは何処にも書いてなかった。
とするとこれは私の思い込みの「パンセ」？

生まれた時最初に見た光景が
私を覗きこむ母親の顔でなく
生まれつき変な人間の私はきっと
産室の天井の蜘蛛のような染みを
〈生〉の象徴として見ていたに違いない。
して見ると人生最後に私が見るものは

霞む視界の輪の中にいる医師の顔でなく
天井からぶらさがっている蛇のようなチューブを
あれは何なのだと考えてる？

でもそんなことは幻想にすぎなく
考えること自体無意味でしかない。
何故なら死ぬということは
主体の私がなくなることだから
これってデカルトの消滅？
すべてが終わり。
ならいつかどこかで必ず来る
〈死〉とは何？

骸骨

骸骨が立っている。
骸骨が歯をカタカタ鳴らして
タップ・ダンスを踊っている。
骸骨には舌がないから喋れず
喉もないから歌えず
脳もないから考えず
心もないから
あんなに身軽に踊れるのだ。
踊り疲れたか骸骨が
ドタリと横たわって
死んだふりをしている。

洗面のとき

顔を洗うたびに思うこと。
最初に冷たい水をすくって顔を洗ったのは、
何という勇気ある人間だったろう、と。
髭を剃るたびに思うこと。
一度しかお顔を拝見したことのない
「荒地」の詩人北村太郎さんには
髭を剃る詩が多かったが、
剃刀の切れ味にもこだわっている。
剃刀という字も怖いなあ、と。

「声」の記憶

記憶の底から蘇る
やさしい母の声　私を叱る父の声
泣いて訴える娘の声
きょうだいの声
若き日の友人たちの声
仕事上のほんの少しの
付き合いのあった人の声まで
どうしていま生きている人よりも
死んでしまった人の声の方を
よく覚えているのだろう。

いま眼の前にいる妻の声
朝でかけていった息子の電話の声
の方が思い出せない。
毎日聞いている声は記憶の中に入らない
その人たちの声も死んでしまったら
記憶の中に入るのかしら。
おそらく記憶というものが
そういう構造になっているのだ。
われわれの耳は死者の声しか記憶しない
それも親しい人の声しか。

それならどうして
過去の映画の名作のシーンの
昔の俳優のセリフなど記憶しているのか
これってどういうこと？

私が生まれる前のスターの声なんて
記憶しているわけないじゃない？
きっとそれは幻影のスクリーンの中の人物も
父や母やきょうだいや友人と同じ
この一度きりの人生で出会った
かけがえのない知人だったからなのだ。

私が死んだら私とともに消滅してしまう
死者の「声」よ！

ビルの三階に住んでいた頃

「三階に住んでいいところは、蚊がこないこと」と、周旋屋に言われた通り、地上十メートルには蚊は上れないのだった。「見晴らしがよくて、風通しもいいし、洗濯ものもよく乾く」という、うたい文句の2Kの寝室の窓は、台風の時などは吹き飛ばされそうになり、一晩中押さえていなければならなかった。それでもそれまでいた風呂なしアパートとは、比べ物にならず、駅から八分というのも気に入ったところだった。

問題は場所が線路のすぐ脇、しかも踏切の間近とあって、「すぐ慣れますよ」と言われても、夜中二時まで間断なくチン・チンと鳴る警報機の音と、通過する電車の轟音は、すぐ慣れるようなものではなかった。それでも私が耳栓をすることによって、ようやく睡眠の習慣を取り戻した頃。ぐっすり眠っている日に限って、終電車が通り過ぎた後の無人の線路上に、探照灯を点けた積載重量が何十トンもあるような線路補修車が、線路を押し潰しながらやってきた。ディーゼル機関車の音と線路補修員の人声、車両が通過する前からビルは地震のように揺れる。私はいつも飛び起きて、窓下の車両を睨みつけ、呪いの言葉を浴びせるのだが、家の者はぐっすり寝込んでいて、そんなものが来たことすら気付いていないのだった。

その住まいから私は毎日、電車に乗って、沿線に友人と共同で借りていた木造アパートの仕事場に通った。勤めていた設計事務所が倒産し、独立したものの不景気で仕事がなく、友人に頼んで安い下請け仕事をして食い繋いでいた。家族を食わすのがやっとだった。

引っ越したばかりの頃は、辻征夫がよく泊まっていった。辻はその頃売出し中だった。私は詩は年に二、三篇しか書けなかった。書いても発表する所がなかった。俳句ばかり作っていて、句会に出ては点が入らず、「句会報告記」を書いてウサを晴らしていた。

句会の後で、呑み過ぎた清水昶が泊まり、翌日粗相した後を、一緒に泊まった俳人の白川宗道が便所と浴室を拭いて廻った。しょぼんとした顔で遅い朝食をとった昶は、永島慎二の家に行って鉄道模型を見せてもらおう、と言い、三人で阿佐ヶ谷の永島宅に向かったが、留守だったので、そのまま昶は白川に送られて帰っていった。

ある朝、ヘリコプターの音に驚き、TVのニュースを見ると、線路の反対側にある別のIビルで「杉並一家殺人事件」が起きたことを知った。しかも犯人は私も知るウチの大家のR・Iさんなのであった。Rさんはウチの一階に住む実の母に同情して、実の父と同居していた女性を殺害し、放火したのだった。

「我々はみな破滅に向かっているのでしょう」と、当時出していた個人誌に書いたら、すぐ会田綱雄さんから手紙がきた。「我々には、泣きまくること、笑いまくることしか残されていないようです」と。私が『待ちましょう』という詩集を出すと、新宿中村屋で行った出版記念会に、髭ぼうぼうの着物姿の、乞食同然の恰好で出てくださったのも会田さんだった。私は何を待っていたのだろう。清水昶は「出版記念会」という詩を書いて、励ましてくれたのだが。

　短大に入った娘が、出会ったばかりのサーファーの男を連れてきて大喧嘩になった。長電話することで言い争いになり、生まれて初めて娘の尻を殴った。年がら年中言い争っていた。世の中の景気は良くなり、仕事も順調に伸びていた。三階二所帯分一フロワ借りていい気になっていた。私は逆上《のぼ》せていた。娘や息子は荒れていた。

　そうこうするうちに、Iビルは人手に渡り、名前が代わり改装されることになった。Rさんが、裁判費用がかさむため（死刑を免れた）売りに出したのであった。息子のために毎日お経をあげていた「Iのおばちゃん」も、知らない土地に引っ越していった。

　わが家もこの機会に引っ越すことに決めた。引っ越しには息子の友達が手伝ってくれた。息子はいつの間にか高校生になっていた。今度の住まいは同じ町内にあったが、線路からは遠く離れていたので電車の騒音は聞こえなかったが、一階なので蚊が入ってきた。

早稲田
305

サスペンス・ドラマ

ウチの奥さんときたら、
朝から晩まで
テレビのサスペンス・ドラマを見てる。

一日は朝の新聞の
テレビ欄を見ることから始まる。
サスペンスものを見つけると○をつけ
その時間になると
買い物の時間を調整してでも
テレビの前に座る。

憑かれたように
殺人や自殺のシーンに見入る。
その時だけはすべてのことを忘れて
台所にある片づけものも
洗濯ものの乾きぐあいも
何もかも忘れて

テレビの画面に入っている。
昼間の時間は
再放送ものが多いけど
何度も見た話でも何でもいい
この時間に見るということが
彼女にとってすべてなのだ。

ドラマを見終わると今度は

椅子に座ったままで
昼寝をする。
時として口を開けたまま
ひと時の浅い眠りに就く。
そのまま
食卓につっ伏して寝ることもある。
何かに驚いて跳ね起きることも

右に左に傾いて倒れそうになり
ハッと気づいて眠りから覚め
立ち眩みしないよう警戒して
手をついてゆっくりと
椅子から立ち上がると

服を着替え
夕飯の買い物に出かける。

まだ少しぼぉーとした顔で
ノラ猫たちに会いに
人に気づかれない
裏道を選んで
知り合いと会わないように
町を歩く。
ウチの奥さんときたら、

買い物

つまらないから家を出た。
電車に乗って近くの駅で降り
知らない町をぶらぶら歩いた。
バスが通っている通りに面して
甍《いらか》が光っている大きな寺があり
山門の横の机を前にして
男が立って人を待っていた。

「墓地分譲中・一区画五十六万円から」
の幟《のぼり》には引きつけられるものがある。

同じ宗派ではあるし
考えてみないものではない

と言ってみたところで
買えるものではなし

男からチラシだけ受け取り
食べ物屋の行列を見て

眼についた何でも屋で
爪切を見つけたので購入した。

これが欲しかった買い物だったのだ。

うな丼

あなたが
「うな丼」を食べている夢を見た。
と、朝の食事の後でウチの奥さんがいった。

あなたと一緒に
昔住んでいたと思える所に行って見ると
辺りはすっかり変わっていて
ボロい木造家屋の商店街が消えていて
巨大なビルばかりになっていた。
何だか知らないがそこであなたが

「うな丼」を食べていた。

結婚して四十五年
あなたと一緒にいる夢を見たのは初めて
これって、きっと、
何かが起きるって、ことじゃないの？

何かが起きるかもしれない。
で、昼に吉野屋の夏の季節限定の
「うな丼」六八〇円を食べたのだが
何も起きなかった。
安いので奇跡が起きないのか
次の日はダブル九八〇円を食べたが
何も起きなかった。

それにしても気になる。

私が夢の中で食べたという「うな丼」は
どんな味がしたんだろう？
他人の夢の中のことでも気になる。

ロシア大使館

ロシア大使館に行ってきました。

さる六月の半ばの平日の夕のこと。Visaの申請ではない。招待されて正門から堂々と入りました。こんなことは生まれて初めてである。アメリカ大使館ならともかく、名にしおうプーチン大統領のロシア連邦大使館、昔でいえば麻布・狸穴のソ連大使館ですぞ。興奮しない訳がないじゃありませんか。

実はこれは、土曜社という出版社が催した、小笠原豊樹新訳「マヤコフスキー叢書」の出版記念会というものであったのだ。その全十五巻の叢書の一冊に、私が序文を書くことになったので、この日の招待となったという次第。この日の二週間前に、土曜社の豊田剛社長からFAXで来たメッセージには、茶会・歓談とあり、「大使館が、お茶と果物とケーキ、それにアルコール類を提供くださいます。ご来場は大使館正門からお願いします」とあり、「ぜひ、各方面にお声がけいただければ幸いです」とあるではないか。

これを見せたウチの奥さん、「私も行く」といいだした。こんな機会は滅多にない。二人だけじゃもったいない、とまず、砂子屋書房社主の田村雅之さんに声をかけると、詩人・岩田宏（小笠原豊樹は本名）に会えるなら、ぜひ行きたい。それには小笠原豊樹名で出た『マヤコフスキー事件』（読売文学賞受賞）も読んで行く、という心強い返事。次にお誘いした麻生直子さんは、同じ北海道出身の岩田さんには親しみを感じていて、飯塚書店の『マヤコフスキー選集』も持っている。それればかりか、亡くなられたご主人の村田正夫さんとの新婚旅行は、旧ソ連だったという。ロシア大使館での茶会ということで、こちらもすぐOKの返事。

続いて私が声をかけたのが、宮内喜美子さんであった。喜美子さんとは菅原克己を偲ぶ「げんげ忌」で会う仲である。彼女からはすぐFAXで承諾の返事が来たが、ご主人で作家の宮内勝典さんも、行きたい、といっていると書かれていた。実はこれが私の狙いだった。彼が旧満州のハルピン生まれ、ということを知っていたからである。勝典さんは私からのFAXを見ると、「岩田宏だ！　マヤコフスキーだ！　ロシア大使館だ！」と飛び上がって叫んでいたという。当日お会いした時に出た言葉、「子供の時、ハルピンでは、ロシア人からカツスキーと呼ばれていた記憶があります」。

これで揃った六人、まずは地下鉄大江戸線・六本木駅で待ち合わせ。十七時十五分開場ということだったので、二台のタクシーで大使館に着け、早回りして並んでいた麻生さんと共に、正門（ここは固く閉ざされていて、警察の車両が横付けされていた）の脇にある通用門のドアを開け、恐る恐る入る。金属探知機が置かれている受付棟のようなところを通り、一度外に出て、正面玄関から大きな建物に入り、館員に案内されて螺旋階段を上がって、二階のロビーに落ち着く。ここで一同を土曜社の豊田さんに紹介。見ていると次々と招待客が到着するが、詩人はこの叢書に序文を書いている平田俊子さんと佐々木幹郎さんくらい。すでに出ている第一巻の『ズボンをはいた雲』に序文を寄せている、入沢康夫さんの姿はなかった。

百人ばかりの招待客が揃ったところで、十七時四十五分開会。ロビーに続くレセプション・ホールに入る。ここでロシア連邦交流庁在日代表部という、ものものしい肩書のコンスタンチン部長の流《りゅう》暢《ちょう》な日本語での挨拶があり、マヤコフスキーの詩のロシア語での朗読があった。続いて土曜社の豊田さんの挨拶。冒頭、本日の主役の小笠原豊樹さんは、ただいま入院中で出席できません、との発言に驚きの声があがった（私はこのことを知っていたが、宮内夫妻、田村さん、麻生さんには知らせてなかった。麻生さんなど和服姿の正装で、花束まで持ってきてくださったのに、騙してしまってごめんなさい）。豊田さんは初めての晴れ舞台のせいか、かなり上がって見えた。それが終わると、私たちのテーブルにいた小柄のロシア女性がスピーチをし、ロシア語で詩の朗読をした。後で聞いた話では彼女は留学生で、好きな日本の詩人は谷川俊太郎だといった。

挨拶が終わり（来賓のようなものがいなくて気持ちよかった）、

パーティが始まったところで、会場を見渡すと、ほとんどの人は文学と縁がなさそう。そこでこちらは詩人同士で語りあい、男たちはワインをがぶ呑み、女たちは真ん中の大テーブルに山盛りに置かれた、チーズケーキとチョコレートとフルーツに夢中で、コーヒーと紅茶をとってきては、またケーキの方に手を出す。酒のつまみのようなものがないので、男たちもチョコレートで呑むしかない。ついにはテーブルのワインを呑み干したので、後ろの棚に置かれていたワインをかってに空けて呑んでしまいました。それも二本も只で。

どのテーブルもわれわれがすぐ空にしてしまうので、飛びきり美人の大柄なウエートレスも、あきれたと見えて、お代わりを持ってこなくなってしまった。彼女が消えた仕切りのドアの向こうには、プロレスラーのようないかつい男が、それでもウエイターらしく、黒の蝶ネクタイ・タキシード姿で、こちらを見張っていた。格闘技に長けていそうなあの二人なら、われら日本人の二十や三十人、訳なく倒せるだろうな。映画のような、そんな想像をしてしまった。

しかしこんな騒ぎも、十九時前にはぴたりと終わり、お開きの挨拶の後ロビーに出ると、皆が止まったまま動かない。どうしたのかと思ったら、反対側の部屋のドアが開けられ、宮殿のような美しい部屋が現れた。高い天井にはシャンデリアが輝き、両側の縦長の窓にはロシア国旗と同色のカーテンが下がり、正面の壁にはモスクワと覚しい都市が俯瞰図で描かれた、十メートル×四メートルくらいの巨大な金属板のエッチングが掛かっていた。これを見るだけでも来た甲斐があった。ロシアの威容を見せつけるための演出？か。

これで行事はすべて終わり、一同ぞろぞろ螺旋階段を下りて元来たコースを逆戻り。私はここでいつもの習慣で下のトイレに直行。スパイ行為じゃありません。職業柄（建築設備設計）便器に興味があるのだ。因みにここのはＴＯＴＯだった。照明器具なども日本製と見た。駐車場の車もニッサンがいた。宮内勝典さんはパイプ愛好者だが、ホールやロビーはもちろん禁煙なので、煙草を吸えるところを聞くと、駐車場の一角にあるという。そこで外に出て、黒のハンチングに軍服のような黒づくめの宮内さん、横にいるロシア人の警備員に、マヤコフスキーのことを、「彼は当局に消されたのではないのか」と危ない質問をしたところ、日本語のわかる警備員は、「すべてソ連時代のことだ」とニコリともせず答えた。

ということで、われら六人無事に大使館を退出。ぴったし十九時だった。というのは、最後に麻生さんが例の金属探知機を通り過ぎた時、警告音が鳴ったのだ。このことでウチの奥さん、日頃のサスペンス・ドラマ鑑賞の知識を生かし、今回の会は平日の残業時間ということで、きちんと二時間にしたのよ、さっきの特別室を見せたのも大使館側のサービスでもなく、単なる時間調整ではないの、と結論。ともあれ岩田さんが来られなかったことは残念だったが、二度と味わえない体験をしたということで、勘弁してもらい、一同早くも灯火の点きだした狸穴の坂道を、弾んだ足取りで、六本木駅へと帰っていったのだった。

留守番の時

今夜は妻と子もいません
二人でかけて行きました。
家出ではありませんからご安心
そこで私は留守番です。

というわけで酒を出し
好きなつまみを食卓に並べ
いそいそと水と氷の用意です。
テレビはサスペンス・ドラマのまっ最中
クライマックス・シーンを見ながら

私は呑むのと食べるのに夢中

酒がなくなり食べ物もなくなり
ドラマも代わっているのに
私はといえばまったく気付かず
眠ってしまったのでしょうか
酔った頭でぼーとして
ふと自分が何処《どこ》にいるか
わからなくなってしまったのです。

こんなことを感じたことありませんか？

いまは何年《なんねん》で
どうして自分は此処《ここ》にいるのだろう
いつから此処《ここ》にいるのだろう

いまいる家族もいないような
すべてのひとから取り残されたような
ひとりぼっちの気分

大海原に投げだされ漂っているような
宇宙にひとりきりになったような
孤独といえないもっと深い不安そのもの

酔ったせいでしょうか
そんな気分でいるところに
外からの足音がして
玄関の扉の鍵がカチャッと開いて
どうやら二人が帰ってきた様子

息子の笑い声と
「遅くなってごめんなさい」

という妻の言葉にほっとして
椅子に坐り直した私。
これで留守番は終わりです

それにしてもさっきの私は
何処《どこ》にいたのでしょう？

ゆうれい

むかし真夏の渋谷のどじょう屋で
辻征夫と安西均さんと三人で呑んだ時
（いちばん怖いもの）という話になり
私が「ゆうれいが怖い」と言ったら
すかさず二人「ゆうれいは怖い」と言い
私が「わが田舎の松江は小泉八雲の怪談の町で
到るところにゆうれいが出ます」と言うと
安西さん「怖いねえ」と本気な顔をされ
大きな体をすくめて見せられた。

お化けは怖くないがゆうれいは怖い。
お化けはどうやら物の怪のようだから
個人に祟《たた》ることはなさそうだ。
それに昔からいるお化けは
一つ目小僧だのろくろ首だの
顔のある提灯から舌を出したり
下駄を履いた一つ目の唐傘だのの
むしろマンガに出てくる愉快な仲間。
それに比べゆうれいは恨みを呑んで死んだ
（特に女のしかも美女が多い）
ひとの怨念のようなものらしいから
こちらのほうはもっと怖い。

ひとの形をした白い着物を着たものが
草木も眠る深夜の寝床の枕元に立ち現れる
それだけは勘弁してもらいたい。

私が毎晩眠り薬を呑んで眠るのは
夢を見るのが怖いからだ。
どんな美女が夜毎尋ねて来られても
悪いことが起きるのに決まっている。
だからたとえ辻征夫や安西均さんが
どじょう屋でのことを思い出して
ふらっとやって来られても
枕元の「般若心経」が追い払ってくれるはず。

明るい帰郷者

自然は限りなく美しく永久に住民は
貧窮してゐた
——伊東静雄「帰郷者」

帰ってみたら
家がなかった。

百五十年以上経った
家屋敷と庭や門が消え
今風のこざっぱりとした
明るくて軽そうな
二階屋が出現していた。

玄関に立って姉とその一家が

ニコニコ顔で出迎えてくれた。
「びっくりしたでしょ
　こんな家になって」

そういわれ改めて
家の周りを見わたすと
古い農家など一軒もない。
ソーラーパネルを屋根に置いた
ガレージ付の家があったり
バンガロー風の家があったり

見わたすかぎり
耕作放棄地になった
田んぼは草ぼうぼう
山や畑は荒れ果てて
猪が出るので危険になった。

猿もくるので
神社の銀杏の木も松の木も
頭をチョン切られ
「さっぱりしただろう
　見とおしもよくなって」

海岸の丘の上の
父母の墓にお参りにいき
墓地から下の砂浜を眺めると
舟小屋の向こうの堤防には
漁船が泊まっているが
「漁に出てもとれないけん
　ああして繋いでおいてあるだけ」

ああ昔の農村はどこへいった。

一家に一冊「家の光」
「明るいナショナル」はどうなった。
小学校もなくなり中学校は遠くなり
法事に使ったお堂もお寺もない。

もしもし石の地蔵さん
わたしの田舎は何処ですか？
右を聞いてもわからない
左を聞いてもわからない

ススキの尾っぽを振りながら
うたいながらとび跳ねている
わたしは明るい帰郷者だ。

ポケットに手をつっこんで

考えごとをしていると
ポケットをまさぐる癖がある。
いま着ているコートには
右のポケットには底に穴が空いていて
左のポケットには小さな紙屑が入っている。
歩きながらポケットに手をつっこんで
右のポケットの穴をまさぐり
左のポケットの紙屑をいじっている。

ポケットをまさぐっていると

(右のポッケにゃ　夢がある
(左のポッケにゃ　チュウインガム
という唄の文句が浮かんできた。
あの唄をうたっていた「東京キッド」の
ひばりちゃんは可愛かった。
ひばりは美空だと空を見上げると
できたてのパンのような雲が浮かんでいる。

ほかほかのパンなんて
あの頃は匂いすら嗅いだこともなかった。
薄いコッペパンに脱脂粉乳の給食
なにしろ進駐軍の時代だったからな
と思い出し笑いになって
右手をポケットの穴につっこみ
左手で紙屑をまさぐりながら
明るい春の空の下を歩いている。

*

老いの坂

一日一本瓶ビール。
清水昶の言いぐさじゃないけれど
キリンの細い首を傾けて
がっくりとうなだれて
老いの坂を下るのさ。
昔々「老いの坂」を駈け上り
――人間五十年　夢幻のごとくなり
京の本能寺に信長を討った明智光秀は
山崎の山林で竹槍で刺されて
首打たれた。
だから人間
みだりに坂は上ってはいけない。
特に老いの坂は
下るにまかせるまま。

あとがき

　詩集のタイトルにした「夢去りぬ」は、一九四八年に服部良一作曲・霧島昇の唄で大ヒットした和製タンゴの名曲です。私はタンゴが好きだが、どういうものか、昔からアルゼンチン・タンゴよりコンチネンタル・タンゴが、それよりも服部良一作の和製タンゴの方が好きなのである。だから高峰三枝子の唄う「別れのタンゴ」など聞くたびにうっとりしている。生まれついてのロマンチストの甘ちゃん。その私の今の気分にぴったりなのが、「夢去りぬ」という訳。もう先はないような気がする。

　前詩集『平凡』を出してから六年経った。その間に、娘の死あり、一年後、「ビルの三階に住んでいた頃」、「老いの坂」に書いた清水昶が、二〇一一年五月に急死するという、私にとっては同い歳の詩人の死として、忘れられない出来事があった。もうひと方の「ロシア大使館」に書いた岩田宏さんは、私を詩の世界に導き入れてくださったいちばんの恩人であった。岩田さんがいなければ、今の私はないといっていい。その岩田さんが、この散文を「現代詩手帖」新年号に出す直前、二〇一四年十二月に亡くなられてしまったのだ。何ということ。「ロシア大使館」は、病床の岩田さんを慰めるために書いたものだったのに、痛恨の極みであった。

　すべては過ぎ去って行く。犬は吠える。隊商《キャラバン》は続く。わが愛する人たちよ。Love’s Gone——

二〇一六年夏　東京にて

初出一覧

桃の小枝を手に持って　「歴程」二〇一三年五月号

二百年　「歴程」二〇一一年四月号
いまいずこ　「抒情文芸」二〇一二年春号
読書の姿勢　「歴程」二〇一二年五月号
好きな乗り物　「読売新聞」二〇一三年五月十三日
輝く銀座　「現代詩手帖」二〇一六年一月号
新宿の唄　「歴程」二〇一六年六月号

人生サーカス　未発表
あれからずっと……　「現代詩手帖」二〇一二年三月号
こころは　「東京新聞」二〇一四年一月二十五日
地下道の散歩者　未発表
再会　「びーぐる」二〇一五年十月
下宿屋と墓地　「現代詩手帖」二〇一一年八月号

東京に雪が降る	「朝日新聞」二〇一二年四月十七日
私の生と死の「パンセ」	「現代詩手帖」二〇一三年八月号
骸骨	「ぶーわー」二〇一三年九月号
洗面のとき	「文藝春秋」二〇一三年十月号
「声」の記憶	「櫻尺」二〇一四年十月号
ビルの三階に住んでいた頃	未発表
サスペンス・ドラマ	「現代詩手帖」二〇一三年一月号
買い物	「歴程」二〇一四年八月号
うな丼	「山之口貘対談」用配布資料二〇一三年九月二十九日
ロシア大使館	「現代詩手帖」二〇一五年一月号
留守番の時	「ＧＡＴＥ」二〇一六年六月号
ゆうれい	未発表
明るい帰郷者	「歴程」二〇一五年三月初出二〇一六年三月改稿
ポケットに手をつっこんで	「Zero」二〇一五年九月号
老いの坂	「歴程」二〇一六年三月号

夢《ゆめ》去《さ》りぬ

著者
井《い》川《かわ》博年《ひろとし》
発行者
小田久郎
発行所
株式会社思潮社
〒一六二―〇八四二　東京都新宿区市谷砂土原町三―十五
電話〇三（三二六七）八一五三（営業）・八一四一（編集）
ＦＡＸ〇三（三二六七）八一四二
印刷所
三報社印刷株式会社
製本所
小高製本工業株式会社
発行日
二〇一六年十月十五日